MONTA EN SILLA Y A PELO

RODEO

Tex McLeese
Versión en español de Argentina Palacios

The Rourke Press, Inc.
Vero Beach, Florida 32964

FOTOS:
© Dennis K. Clark: carátula, portada, páginas 4, 7, 8, 12, 15, 17, 18; © Texas
Department of Tourism: páginas 10, 13, 15; © ProRodeo Cowboy Association:
página 21

SERVICIOS EDITORIALES:
Pamela Schroeder

Library of Congress Cataloging-in-Publication Data

McLeese, Tex, 1950-
  Monta en silla y a pelo / Tex McLeese.
  ISBN 1-57103-386-6

Impreso en los Estados Unidos

ÍNDICE

RODEO

A muchos niños y niñas les encanta jugar a los vaqueros. Unos nunca quieren dejar de jugar. Cuando crecen, éstos son los que se hacen vaqueros y vaqueras de **rodeo.** El rodeo es un deporte de eventos de enlazar y montar, las mismas habilidades necesarias en el Viejo Oeste de los años del 1800.

Jugar a los vaqueros es divertido.

MONTA DE BRONCO CON SILLA

A éste se le ha llamado el evento "clásico" del rodeo. Requiere las mismas habilidades que necesitaban los vaqueros del Viejo Oeste para domar o **amansar** un caballo cimarrón o cerril. A ese caballo lo llamaban **bronco** corcoveador. Para los arreos de ganado los caballos tenían que ser mansos. Cada vaquero necesitaba por lo menos una o dos docenas de caballos en el sendero. A los vaqueros que mejor domaban los caballos cimarrones o cerriles los llamaban **domadores de broncos.**

A los domadores de caballos cimarrones o cerriles se les llama domadores de broncos.

Cuando los bandos de vaqueros se encontraban en el sendero o en un pueblo del Viejo Oeste, muchas veces competían para ver quien se podía mantener más tiempo en el **bronco.** La monta tardaba hasta que el caballo tumbaba al vaquero o el caballo había sido domado para no **corcovear.**

MONTAR EN RODEO

En el rodeo, montar un bronco con **silla** es un evento cronometrado de 8 segundos. Empieza con el jinete y su caballo en una **canaleta** detrás de un portón. El jinete empieza la monta con los pies sobre los hombros del caballo, lo cual hace más difícil que se mantenga montado. Cuando el jinete indica con la cabeza que está listo, se abre la canaleta. El caballo trata de "sacudir" o tumbar al vaquero retorciéndose, corcoveando y brincando. El vaquero trata de mantenerse montado los 8 segundos, hasta que suena el timbre.

Cuando el jinete está listo, se abre la canaleta.

El jinete no puede dejar que los pies se le salgan de los estribos.

Los vaqueros espolean el caballo con metal que llevan en las botas.

REGLAS

El jinete tiene que sostenerse en el caballo con sólo una mano en las riendas. Pierde si toca al animal mismo o la silla con la mano que tiene libre. Tampoco puede dejar salir los pies de los estribos ni soltar la rienda. Tiene que **espolear** al caballo con el metal que lleva en las botas (lo que se llama "espuelas"). Esto hace corcovear más al caballo.

El jinete se sostiene con una mano.

LA DECISIÓN

La monta de bronco con silla se califica en una escala de 100 puntos y la mitad de ellos se otorgan al vaquero. Cincuenta es una nota perfecta. La otra mitad del puntaje es para el caballo. Cincuenta puntos se conceden al caballo que corcovea más y hace más difícil que el vaquero se mantenga montado. Se restan puntos al vaquero que no espolea al caballo muy reciamente para hacerlo corcovear.

Los jueces adjudican puntos a un jinete diestro.

Los jueces también se fijan en cómo el jinete controla al caballo durante toda la monta. Los vaqueros, a su vez, tratan de presentarse con elegancia y espolear al caballo de acuerdo a cómo corcovea éste. Es muy difícil que una monta se califique con una nota perfecta de 100. Si el vaquero se mantiene sobre el caballo con facilidad, los jueces le restan puntos al caballo por no haber dificultado más la monta.

Los jinetes pueden resultar lesionados en eventos de monta.

MONTA A PELO

Un evento más reciente, que sigue casi todas las mismas reglas, es la monta **a pelo.** Al igual que en la monta con silla, el jinete se tiene que mantener en el caballo 8 segundos. Sólo puede emplear una mano para no caerse. Pero el jinete a pelo no tiene ni silla ni riendas. Sólo puede sujetar al caballo con un **cincho.** Este cincho es un asa de cuero sin curtir, parecida a la de las maletas o valijas, que se afianza a un correaje de cuero que rodea el cuerpo del caballo. Sin silla, la monta es más turbulenta, difícil y peligrosa.

Estatua de Casey Tibbs en el Pro Rodeo Hall of Fame, el Salón de la Fama del Rodeo Profesional.

EL JINETE MÁS FAMOSO

A Casey Tibbs, oriundo de South Dakota, se le considera el jinete de rodeo más famoso de todos los tiempos. En la década de 1950, fue campeón tanto de monta de bronco con silla como de monta a pelo. Hoy día se levanta una estatua de él frente al Pro Rodeo Hall of Fame, es decir, el Salón de la Fama de Rodeo Profesional, en Colorado Springs, Colorado.

GLOSARIO

a pelo — montar sin silla

amansar — domar un caballo cimarrón o cerril

bronco — un caballo cimarrón o cerril que montan los vaqueros en un rodeo

canaleta — el lugar donde empiezan los eventos de monta

cincho — asa o correaje de cuero sin curtir para montar a pelo

corcovear — saltar y retorcerse

domadores de broncos — los vaqueros que amansan caballos cimarrones o cerriles

espolear — pinchar con piezas de metal que se colocan en las botas para hacer corcovear al caballo (Las piezas de metal se llaman "espuelas".)

rodeo — un deporte de eventos de enlazar y montar, las mismas habilidades que tenían que tener los vaqueros en el Viejo Oeste

silla — un asiento de cuero que se coloca sobre el caballo para que el jinete se siente en él

ÍNDICE ALFABÉTICO